# 血債の言葉は何度でも甦《よみがえ》る

八重洋一郎詩集

詩集

# 血債の言葉は何度でも甦《よみがえ》る

目次

詩集

# 血債の言葉は何度でも甦《よみがえ》る

八重洋一郎

# おお　マイ・ブルースカイ

昭和初期　南海生れの一人の
女性　東京市内で哀れなさびしいデパート売子
〽ゆうぐれにたどるは……私の青空……　と
歌う以外に何ら慰めはないのであった

不況　混乱　飢餓織り
東へ　南へ　西へ　北へ
カーキー色になだれ込む時間
たちまち弾かれその女性　貧乏はびこる南へ帰郷

さて昭和二十年六月　沖縄戦完全敗北　早くも早くも
一九四七年　かつては人間でなかった人が　自分の
いのちと交換に（それこそこの国・日本国の純粋無意識）米国へ
沖縄の軍事占領継続を要望

小さな島は国籍喪失　あわれなる哉
ひたすら軍事専用植民地
続いて一九五三年　米国国務省発するその名もきらきら
ブルースカイ・ポリシー
世界のすべてにブルースカイをもたらすために
この島だけはいつまでも無制限に軍事嵐
広大重厚基地累々　毒ガス　戦闘機　高圧電磁波
核爆弾は千五百発

鉄の暴風　ありったけの地獄　沖縄戦を
やっとのことで生きのびた哀れな
女性　ブルースカイ・ポリシーの下《した》　夢にさえ　思い出にさえ
おお　マイ・ブルースカイを歌えない

# 上映会 ――六十年前の現実から――

一人の男がすわっている　鳥打ち帽を被りながら　少し俯きかげんに
その前方には何列か列を作って二十余名の人間が起立している
米軍による強制　米軍政府への忠誠を誓わされながら

一人の男が叫んでいる　夜
小さい裸か電球に照らされながら
その前にはぎっしり何千という聴衆　先頭は黒い制服の高校生たち

一人の男がゆっくり刑務所から出てくる　手を挙げて
大歓声　林立するのぼり旗　横断幕には「出獄歓迎会」

群衆は割れんばかりの拍手　口笛　指笛　ピュー　ピュー

一人の男が十字架にはりつけられたように
両手を大きくひろげ　マイクに向かってくっついて
「祖国復帰」「祖国復帰」

一人の男　その名は　カメジロー
カメさんの背中に乗って「祖国」へやってきたが
祖国はだんだんその正体を剝き出し現し

もしもし　カメさん　われらはまちがっていたんだな　ずいぶん甘かったな
もっとも良心的な人たちさえ　無意識に
「本土の沖縄化を許すな」とさけんでいたのだからな

カメさんは九十四歳の天寿を全うされたが
ずるがしこいやつらは　初めから
あなたをだましていたのだ

カメさん　もういっぺん生まれてきてくれ
「祖国」や「本土」など　チョロイ言葉を全部投げすて
初めから　もういっぺん　一人一人の人間めざしてやり直してみよう

今や　日本国はその芯から腐りつつある
一人一人の倫理が甘い汁にひきよせられ　権力にへつらい　たらたらととけて
いく
美しい全ての感性を麻酔にかけられあてもなく酔い痴れながら

# 杭《クイ》

辺野古の海底はマヨネーズ状　それでも七万本の杭を打って必ず
基地をつくるという　彼らの脳ミソこそはマヨネーズではないか
——

ワシントンが笛吹けば
東京われ勝ちに踊り出す
まる出し操《あやつ》り抱《だ》きつき人形
急いで踊ると必ず入《はい》る　赤い札束
民草《たみくさ》　庶民がしぼり取られて滲んだ血
このカラクリをフル回転
ワシントンに吸いあげられても　確実に

ワレラのものだ　その残り
（残りと言えども丸もうけ）
まるで自分らが稼いだツラして大威張り
ふた口めには　ただちに爆買い
シースルー戦闘機　みさごの王者オスプレイ
迎撃ミサイル　発射装置　必要不可欠軍事基地
金《かね》はひとまず吸いあげられるが
（残りと言えども一《ひと》財産）
自分たちは何ひとつ手を汚さずにみんな他人に押しつけて
利権利益はみなかすめとり　きらきらと
見事な権力　まっ白い手

杭を打て　奴らのしんぞうにクイを打て
奴らの脳ミソ　マヨネーズ

奴らのこころは　マヨネーズ
奴らにこころがあるものか　奴らに感情あるものか
あるのはひたすら　へつらいばかり
ワシントンが笛吹けば
東京われ勝ちに踊りだす
まる出し操り抱きつき人形
あらゆる恥もあらゆる人目《ひとめ》も　日本古来の八百万《やおよろず》の神々さえも
アッサリ投げ捨てほうりすて
いかなる誓いもいかなる縁《えにし》も皆食い破り
すべての言葉を腐らせて
鉄の皮してデッカイ面《ツラ》してすべての責任みな逃げる
シッカリ打てよ七万本
直径二メートル長さ九十メートル　コンクリートの中空ポール
ギッシリ砂ズリ詰め込んで　砂杭押し立て

青い海よりもっと広々　奴らのまっ赤な嘘の海
深く深く打ち込めよ　打ち込めよ

あっちがやられるとコッチから舌出し
コッチがやられるとあっちから舌出し
舌がやられると
ペラペラペラペラ唾液《つば》とばし　ジュクジュクジュクジュク逆恨み
意味故事《いみくじ》分からん奴らの口舌《くぜつ》ヌラヌラヌラヌラマヨネーズ

あちらこちらでくるくる人形くるくる踊る長い嘘の舌出して
口からすぐに二枚三枚四枚と
（人形と言えども金権利権私欲ばかりは抱きしめて）
しっかり打てよ　その杭を　しっかり打てよ七万本　南の海にはり
　つけて

奴らの鉄面皮《チラガー》はぎとるために
奴らの隠蔽《いんぺい》暴《あば》きたてるために

# やさしい分数計算

日本領土の0.6%しかない沖縄に、在日米軍基地の70%が集中している。これを数値化してみよう。

| | 沖縄 | 日本・全国（沖縄を除く） |
|---|---|---|
| 領土 | 0.6% | 99.4% |
| | $=\frac{6}{1000}$ | $=\frac{994}{1000}$ |
| 米軍基地 | 70% | 30% |
| | $=\frac{70}{100}$ | $=\frac{30}{100}$ |

密度（基地÷領土）

$$\frac{70}{100} \div \frac{6}{1000} \qquad \frac{30}{100} \div \frac{994}{1000}$$

$$= \frac{7}{10} \times \frac{1000}{6} \qquad = \frac{3}{10} \times \frac{1000}{994}$$

約分などして $= \frac{7}{1} \times \frac{100}{6}$ $\qquad = \frac{3}{1} \times \frac{100}{994}$

$$= \frac{700}{6} \qquad = \frac{300}{994}$$

比較（沖縄÷日本）

$$\frac{700}{6} \div \frac{300}{994} = \frac{700}{6} \times \frac{994}{300}$$

$$= \frac{7}{6} \times \frac{994}{3} = \frac{6958}{18} \fallingdotseq 386.555\cdots$$

つまり沖縄には日本全国の386倍の密度で米軍基地が集中している。その上自衛隊も配備されているのだ。

# 血債の言葉は何度でも甦《よみがえ》る

歴史は始まる　夜明け前　まずはごまかし
琉球藩設置　台湾出兵（狡い口実——殺されたのは琉球人）
ついに隣邦　琉球劫奪　沖縄県めでたく誕生
国内では　御料地　御料林として広大な土地山林を強制接収
（青山半蔵が狂気をかざして続出しても良かったのだ）　いや
佐賀の乱　萩の乱　西南戦争　加波山《かばさん》事件　秩父騒動……続出したが
みな叩き潰されたのだ

日清日露　韓国併合　第一次世界大戦
張作霖爆殺事件

世界大恐慌起るや日本帝国たちまち疲弊　その危機から牙を鳴らして
柳条湖事件　第一次第二次上海事件　満州傀儡国家捏造
リットン調査団　国際連盟脱退　そして
盧溝橋事件　北京　上海　南京攻略　徐州　広東　武漢三鎮占領

国内では五・一五事件　二・二六事件を機に軍閥勃興
治安維持法　特高暗躍　憲兵威圧
生活の中では住民一人一人が相互監視
「見まい　聞くまい　話すまい　国の機密洩らすまい」　至る所に警告張り出し
「一人一人が防諜戦士」とマッチのラベルにまで印刷し　毎日使う
紙幣には「さくらと富士山」「大鳥居と靖国神社」の神国図柄
日々毎日《にちにちまいにち》　暗く重く
ある高名なクリスチャン経済学者はひたすら祈る

「神よ　ひとたびは　この国を滅ぼしたまえ」
大東亜戦争　太平洋戦争　原爆二度浴び神国日本
完全に滅びたが　いったん滅びたかに見えたこの国　たった七年の被占領期間
　の後に
勝者米国企む世界戦略の自発的隷属者として
安保条約　地位協定のきつい轡《くつわ》もなんのその
その隙まからおこぼれを大量に吸い込み　息吹き返し
朝鮮動乱　ヴェトナム戦争　湾岸戦争　イラク戦争　アフガニスタン戦争
濡れ手に粟の戦時特需にしたたか酔って　己《おのれ》のいる位置完全忘却
独立　自由　自律など初めの初めから意志放棄
自分たちは一体何を忘れているか　それは何を犠牲にしているか　それは
いかなる倫理崩壊であるか　ふやけた社会が何ゆえ成立機能しているか
そんなことは一切考えず　感受能力　想像力　論理的思考　判断力　極度に劣

化
「見まい　聞くまい　話すまい　国の機密洩らすまい」
秘密保護法　集団的自衛権　戦争法案　憲法改悪　米国に尻を蹴られ奔馬となって
東西南北　積極的平和侵略　切れめない南西諸島防衛構想
その支離滅裂な欲望の故に一日一日戦争に近づく恐怖激痛裸かの犠牲《いけにえ》われわれは
「神よ　いまひとたびこの国を滅ぼしたまえ　いまひとたび滅ぼしたまえ」と祈らなければならないのか

日本国よ　汝という国体の中には至る所に空洞がある　汝らには決して見えないだろうが
その空洞には連綿たる「歴史」にやられた濃密などす黒い血が満ち満ちている
幽霊は生きている　幽かな霊こそ見えない魂

汝がいくら眩暈煌めく華麗な呪法を策してもその空洞を一掃しなければ
一天万乗　黒い大菊
壮大な思惑通りの整序構造は不可能だ　だが幽霊は生きている
空洞は空洞の中にさえある
日本国よ　汝がこれまで意識的無意識的に暗躍してきた全ての歴史問題に
真正面から答えねばならない　さもなくば　汝の胸には永遠にグサリと刃が刺
　さるだろう
空洞の底から見えない魂が繁殖し
増殖し
血債の言葉は何度でも甦る　何度でも甦る

# 万世万系

たった三千年間のことを万世とは！
蜘蛛の糸　天井から垂れさがりゆれているのが一系か
風にゆられて
絡みに絡み縺《もつ》れに縺《もつ》れ
それが目に見るあたり前の風景ではないか

紫式部ががんばって女性の怨みを
平安文化の花として
白骨源氏のまんだらをあんなに見事に描いた末に
そのいきつくところ凝《こご》りに凝《こご》り

待賢門院の悲しみと苦しい病いと憂いのうちに
崩れ崩れ顔も心も崩れに崩れぶつぶつぶつぶつ寂滅し

その皇子《みこ》　数奇の影を重く背負《しょわ》され　生まれ世に出た
その始めから
あらゆる不幸が降りに降り積もりに積もり　その鬱屈を晴らさんと
保元の乱を仕掛けたが　たった四日で敗れ果て
讃岐の奥処《おくか》に押し込められて苛《いじ》めぬかれて無視されて　その悔しさに
髪はぼうぼう乱れに乱れ　両手両足その爪は鋭くけわしく曲りに曲り
大魔王の憤怒となってその屍《しかばね》さえ血を流し一月《ひとつき》近くも氷水で冷やされて
崇徳院の崇《たた》りのうちにさしもの天皇王朝ついえさる

文華も天下も絶えはてて
あとは野となれ山となれ　武士の刃に愛玩されて

南北朝　両統迭立《てつりつ》　足利系もいりまじり
万世万系　闇の片隅ふらふらゆれて生きのびる

閲《けみ》する時は七百年余
孝明天皇弑逆《しいぎゃく》し　明治権力湧き上がる
新しい現人神《あらひとがみ》を祀《まつ》りあげ
万世一系称《とな》えながら　万系を一系とみせるため
嘘八百を次から次へと吐《つ》きながら
傲慢　悪辣　陰険の罠にみすみすむざむざ
蒼氓万人《そうぼうばんにん》　ひき攫《さら》われて
帝国臣民とおだてられ
万世万系　形無きまでに
偽善と無慈悲に踏みつけられる

# 夜半参《ヤハンメ》ー

歴史の底の夜半参《ヤハンメ》ー
一人一人の呪いのかたち
効力《ちから》はあんまりないけれど
遺言ひとつにもならないけれど
姿ヨロヨロ捨てばちの
罪にさえ近いスレスレの夜のふるまい

歴史は逆剝《さかは》ぎ回転ノコギリ
ひとのいのちをあっさり刈りとり
ますます鋭く　ますます速く

歴史の底の夜半参《ヤハンメ》ー
一人一人の呪いのかたち
泣く声さえもまともに聞かれず
嘲笑われて　踏みつけられて
何千年とむしり取られて
死者が発した最後の呼気も
生者が発する常の涙も
みな侮辱され圧搾されて

歴史は逆剝《さかは》ぎ回転ノコギリ
ひとのいのちをあっさり刈りとり
ますます鋭く　ますます速く

歴史の底の夜半参《ヤハンメ》ー
一人一人の呪いのかたち
まっ暗闇の丑《うし》の刻　頭にゆらゆらろうそくたてて
胸に吊した卵形鏡《らんけい》のわずかなあかりを導きに
裸足《はだし》で石蹴り裸足《はだし》で棘踏み痛み血みどろかまわずに
道の果て　結界の果て
黒々聳《そび》える一本松の大幹にひそかにひそかにひそかな名前を血で書
いた
ワラ人形の心臓を五寸釘《ゴッスンクギ》で打ちつける　打ちつける

# 果てない祭り

空高々と幟《のぼ》り旗たてて
孫子《まごこ》ひきつれ
真っ白い弥勒《ミルク》の仮面を先頭に
稲穂ゆさゆさ背中に垂らし
豊饒祈る行列だ

赤　黄　純白　彩り必死にひとそろい
黒い腹帯　紫たすき　赤い脚絆に身を固め
カン高い鉦鼓《ションク》　思いきり叩き
腕に大きな太鼓を支え

ドドド　ドンドン　ドドド　ドンドン

白いはちまき　薄化粧
縦縞半天きっちり決めて
手ぶり大きく腰ひきしぼり　その身いっぱいひかり浴び
高足　横足　高足　横足
たった九人の行列すすむ

見物するのは　すみきった
青空《そら》と白雲《くも》だけ　すみきった
山と海だけ　すみきった
草木と浜と白い道だけ
砂ふみしめて行列すすむ

頼みの神は影さえ出《いだ》さず　けれど
ひたすら踊りゆくうつろの中をすすみゆく
胸刺し剔る
離り珊瑚島《パナリサフスマ》　その清々《すがすが》しさよ
果てないまつりの明るさよ　さびしさよ

# ゲルニカ

私たちは何を見たか　汝たちは何を見ないか
私たちは何を見たか　汝たちは何を見たくないか
私たちは何を見たか　汝たちは自分たちがしたことを…
私たちは見たのだ　汝たちがしたことを
汝たちが自分たちがしたことをいくら隠そうとしたところで
眼がはり裂ける　胸はり裂ける
これが生身《いきみ》のしたことか　これが正気のしたことか
轟音炸裂　連続爆撃
崩れる建築　ふっとぶ石橋
私たちの足は宙の途中でガッシリ挟まれ　頭は真下に

天の半ばで逆さ宙吊り　あたしたち屍衣《しい》さえはがれ
むきだしの逆立ちユーレイ　髪は激しく
上へとなびき　その隙まの顔の淵からぬるぬると手がとびだして　その
手の尖に「眼」の灯りを突きだして
あっちの端からこっちの端まで逆さにゆらゆらゆれながら
こっちの端から向うの端まで世界いっぱいゆれながら
みんな見たのだ　一切合切全てを照らし出したのだ
私（私はかってこんな正夢　こんな酷《むご》い不可思議を…）
歯を剝き出して跳びあがるやせ馬　双腕《もろうで》つっ立てのけぞる男
節くれ指《ゆび》々に断末魔の声花ひらき
しがみつく赤んぼだらりと垂れて　顎《あご》水平に大口空《あ》けて母親失心
ゴロつく頭に眼は狂い剣《つるぎ》は折れて仰向けに
地面叩いて倒れるむくろ
ずっしり重い闇の中白く浮き出る鼻太《はなふと》牛がツノをひからせ

静かに尻尾《しっぽ》をふっている
「我が民　殺せ！」黙示ははじけ
夕刻午後四時三〇分
（フランコ　ヒトラー　卑劣な密約）
バスク　ゲルニカ　七千住民
（けものも草木も）
皆んなみんな恐怖の壁に絶望はりつけ瞬間はりつけ死をはりつける

# 白梅

ある夏　どしゃぶりの中を「ひめゆり記念館」を訪れた
そこには女子師範学校〝化学〟の教師であった叔父の写真も
掲げられている　（父によく似た若い男性）
最後は直撃弾を受け一瞬のうちに四散したという
戦後　私は七、八歳の時　変な夢をみたことがある
叔父が帰るという知らせを幼い私は真に受けて　毎日毎日
待っていたのだ　ある晩その叔父は庭にある
大きな榎の下に立っていた
翌日　石コロだけの骨箱を胸に抱き叔母が島へ帰って来
父が位牌に叔父の戒名を書いていた

記念館の写真を見るたび　私はそのことを思い出す　幼い私の
供養の思いが　今も続いているのだろうか
女子生徒達の在学時代の場面場面を綴った記録を読みながら
「想思樹」の歌を聴きながら　いつまでも
その悲しい場所を離れられない
思いきって外へ出ると瀧のどしゃぶり　急いで
タクシーを拾い　北へ向けて走り出す
何キロか過ぎた頃　突然運転手が小さな声をかけてくる
「見えましたか　ホラ　左手の少し盛りあがったあのあたり」
「見えましたか　白梅の娘たちです　こんなどしゃぶりになると
いつも身ぎれいにした娘たちが二人　三人と並んで立っているので
す」
「かわいそうに…アイエーナー…」
「平凡な言い草ですが　どしゃぶりは　もっと生きていたかったこ

との娘たちの涙です」
降り込められた車内は暗く　運転手さえ　あらぬ姿に見えてくる
車は更に北へ向けて疾走するが　いつまでも
目的地に着く気配はない――

註
ひめゆり＝沖縄戦の時、女子師範と第一高女で組織された看護隊。
「想思樹」＝当時の音楽教師の作曲した別れの曲。
白梅＝第二高女四年生（最高学年）五六名で編成された看護隊の名称、
　二二名死亡、享年十六。

# きてみれば

沖縄本島南部の海岸線はほとんど岩の崖である
人々はこんなところにまで戦《いくさ》に追い詰められてきたのだ

きてみれば
断崖絶壁　その向こう
青空ばかり　足もとの岩は崩れて　石片が激しく尖る
もう鳥になるほかないのか
傷ついた羽をひろげて

きてみれば
赤い地の涯て　その下は
潮騒ばかり　繰り返す光するどく　白波が目につきささる

もう盲《めし》いるほかはないのか
手探りも風にふるえて

きてみれば
白骨世界　その深く
寂静《しずけさ》ばかり　草かげに声を失い　祈りさえむなしくかげろう
ただ眠るほかはないのか
骨々の若い歳月

註
六十何年か前　初めて「健児の塔」を訪れた
崖下《がけした》の底にゴツゴツした洞穴《ガマ》　鉄の欠片《カケラ》や白いもの　その真上に
塔があった　その時　きこえたしずけさが　今　やっと言葉になって…

# 受付

四日にわたったデッサン展示会　ようやく終わりに近づいて私はほっとしなが
ら
受付に腰掛けている
そこへ大きな布で頭を包んだ二十才《はたち》前後のやせた女性が入場してくる
ありがとうございます　どうぞご署名を　私は立ち上がりペンを差し出す
「いいの　あたしはよく知っているから」と　女性は少しだけ寂しそうに
笑いながらサッサと歩き出す　そしてある絵の前に立ち止まる
あっ　そのデッサン　女性と同じく　いやその女性が頭を大きく風呂敷で包み
横を向いて立っている　その横には包みをほどいたまるまるぼうずのてるてる
頭

「あたしはマラリアの高熱を冷やそうと毎日毎日水をかけてもらっていたの」
「すると髪の毛が抜けはじめ　そのしたの毛根まで冷やされて　頭の皮膚がすっかりこわれてしまったの」
「おかげでいのちびろいはしたけれど　いつまでたっても髪はもどらず　こんな　つるつる頭では恥ずかしくどこにも出られず　市場に買い物に行く時などは　特別　きっちり　ほら　この風呂敷で頭を巻いて…」
「もう七十四年も前だわ　人の命の花ざかりの時　あたしはつるつるまるぼうず」
「もうあたしは包みをとって髪もフサフサ生えたのだけれど　もうあたしは死んでしまっているのだけれど」
「あの時の娘時代のくやしさを　ここに確かめに来たのだわ」
受付に赤ちゃんを抱いた若い母親が現れる
ありがとうございます　どうぞご署名を

「いいの　いいの　わたしはよく知っているから…　自分の罪のおそろしさ
いくら　戦争の真っ最中だったとは言え」
「このわたしの大切な赤ちゃんは死んだのだわ　まっ赤になってふくらんで
わたしは気が狂いそうになって　死んだこの子を抱きしめながら　どこに埋葬しようかと必死になって　あちらこちら掘ったのだけれど　みんなそこには誰かが眠っていたのだわ　その時グラマンが超低空飛行で現れて
ダダダダダ　ダダダダダと　機銃の弾がむこうから畑と道を走ってきたの
わたしは急いで　この子をおろし　砂をかけて逃げていった」
「いのちからがらもどってきたら　うすはげの黒いやせ犬がこの子の腕をひっぱり出して食べようとしていた」「わたしはおそろしくなって逃げていった」
「この場面を見ていた人がもう一人いたのだわ」
「デッサン展のお知らせが雲の上まで届いてきたの　わたしはわたしの赤ちゃんを　たとえ腕一本だけでもいいから見たいから　空をとびだしここまで

走ってきたのだわ」
「会場はすぐにわかった　ここは昔は小さなわたしたちがお魚《さかな》さんと楽しく遊んでいたところ」
「すぐわかった　自分の罪のおそろしさ　ひとがひとを殺して犬に喰わせる戦争《いくさ》の罪の　あさましさ　残酷さ　こんなことはしてはいけない」「犬もただペコペコにおなかがへって　わたしの赤ちゃんを食べたのだわ」
「こんな悲しみあるものか　戦争《いくさ》は人が人を殺す　こんな過ちあるものか」
「こんな空しさあるものか」

カアーッと両眼が見ひらいてぐうっと眼窩《がんか》がひっこんで皮膚がぴったり骨にはりつき
ガヤガヤ　ガヤガヤ　影なき人々が突然受付を走り抜ける
待ってください　待って　待って　団体名でもよろしいですから　誰かお一人ご署名を

声は無視され
人群《ひとむれ》はすでに恐ろしい深い沈黙　輝く砂浜に立っている
風が吹き波が寄せ潮がひき　白砂がしずかにしずかに舞いあがり　その下から
顕《あらわ》れるおびただしい人の骨
この熱砂の中なのに氷より冷たい白骨となって
頭蓋骨から足ゆびの先まできちんとそろって
みんな仰向け　ひとつ残らずあおむけになって　無念の
空を睨んでる
「これがわしらの尖《とが》り骨！」「お前のロッコツここにある」
「わしのしゃれこうべはあっちだよ」「これがあいつの尻の骨」
さやさやさやさやかすれた声でぐうっと沈んだ瞳《ひとみ》のない目で自分と自分の
二つの姿を
キリキリみつめ
ま昼まの空の底までつらぬいて暗い暗い恨みつきないサーチライトが

いつまでもいつまでも互いにビリビリ刺し交わす

表が何だかかしましい　威勢のいい声が響いてくる
米軍飛行服のおシャレな兵士が三人並んでニコニコ笑って立っている
オオ　プリーズ　サイン　ユアネイム
「ノオ　ノオ」　彼らは次第に笑いを収め　厳しい顔で大股で
急いで自分らの展示へ急ぐ
「おお　コイツが司令だぜ」
「おれたち二人はあの醜い竹槍で胸と腹をつき刺され」
「お前は刀で打首《うちくび》だったな」
「全く阿呆な日本人めが　司令のくせして　ハーグ条約さえ知らず――」
「捕虜たちはもう戦闘能力はないのだから　丁寧に保護し
いつかは互いに交換するなど　こんなことさえ知らない奴め――無知蒙昧に
生命《いのち》盗《と》られる悔しさよ」

「大和魂は野蛮のひと言」
肩をいからしいかつい面《つら》して命令発した
白い帽子　髭《ひげ》を捻《ひね》って潔癖ぶって――中味はどぶ泥
「大和魂はただの己惚《うぬぼ》れ　剝きだし野蛮」
「いくら俺たちを地下に埋めても俺たちの骨はピリピリ歌うさ　声を限りに
　地脈の底からうめき続ける」
「デス　バイ　ハンキング（絞首刑）　コイツが死んでも俺たちは　アッサリ
殺され　死んでしまった俺たちは二度と再びこのシャバに生き返ることはで
きない」
「楽しかった飛行服着てマフラー巻いて首のないゴーストとなって　自分たち
の　哀れな運命を呪うほかない　嘆くほかない」
ドドドドドー　ドドドドドー　圧倒的な獣《けもの》の臭い　土を蹴散らし
受付なんかぶっとばし

牛が何百何十頭　全身ぶつけ合い犇《ひしめ》きながら
黒い重い逞しい背中の筋肉盛りあげながら　ドドドドドー
ドドドドドー　双角《つの》振りたてて足踏み鳴らし
青い青い島の果て　地の涯てまでも怒り狂って奔りゆく
ヴォー　ヴォー
肉を返せ　骨を返せ　お前たち
何日も何日も俺たち牛を全く無駄に殺し続けた
おかげでその血で樹も草もみんな腐って枯れはてて　血糊枝葉《ちのりえだは》に
銀蠅は蒸《む》れ垂れさがり
浜はいちめんべっとり血の海　その血は
俺たちのいのちの血　その骨肉は俺たちの
いのちの骨肉　人間《ひと》も
獣《けもの》もおんなじいのち
ヴォー　ヴォー　血のさけび

「島民は牛殺せ　マラリアの山へゆけ」　眼前狂声
抜刀脅迫
無敵皇軍　その本性を繰り返し繰り返す百戦百勝　途切れることなき
妄執暴虐！
闇はねっとり赤褐色の血で凝《こご》り
重い重い鉛《なまり》よりも重い群牛《うし》の夜が訪れる
闇は分厚い闇重ね　凝血《ち》で底びかり
亡魂亡霊闇を縫い　怒り
頂点　重い重い鉛よりも重い群牛《うし》の夜が訪れる

註
Sさん（八十七歳）戦時記憶デッサン展示会
H島　殆ど住民の三分の一死亡　軍命により大量の牛屠殺
八重山群島全戦死者百七十八名　戦争マラリア死亡者三千六百四十七名

# 首里城炎上

夢か　現《うつつ》か　幻か
夢ではない　幻ではない
現《うつつ》だ　現《うつつ》だ
真っ赤な現《うつつ》だ
吹き上げる炎にあおられ
灼熱甍《いらか》パリパリはじけちりぢりに
真っ赤に舐め合う炎と炎
あの大柱　この
大柱　めらめらぬらぬら身を捩《よじ》り
大梁《おおうつばり》は黒々と奈落の底へ次々なだれ

その深い焦熱地獄をつき破り　炎と炎　炎の中から
「今」顕現
〈わたしは　わたしではない〉
〈名指された　わたしではない〉
〈わたしはうねうねうねる地脈の底から炎となって
吹きあげるものだ〉
〈わたしはあらゆる地上の歴史に食らいつき
それらをすべて焼き尽すものだ〉
〈あちらこちらもみな焼き尽し　その炎と炎によって
新しい歴史をつくり出すものだ〉
〈なぜ歴史をつくり出さねばならないか〉
〈地のどん底でやっと息している人たちを　嘲笑《あざわら》われている人たち
を　その奥深く秘められている心の根っこを耕して　それをきっ
ちり天まで届け…〉

〈その支えあう姿と姿が
あの人この人　更にあの人この人　みな受け入れて地上八重咲く
花の和《なご》みをつくるのだ〉
〈焼き尽さねばならない　さまざまな黒い歴史の残りカスを〉
〈わたしは　わたしではない〉
〈名指された　ものではない〉
〈わたしは地脈の底から真正面にらみ激しい炎となって吹きあげる
　ものだ〉
大爪剝《む》き出し　両刃《もろは》の鱗《うろこ》逆立てて
ぐるりぐるり暗黒螺旋　抉《えぐ》りとり　高く高く
炎の舌を吐きながら　全身猛火

赤龍昇天
大眼光《だいがんこう》　らんらんと

夢か　現《うつつ》か　幻か
夢ではない　幻ではない
現《うつつ》だ　現《うつつ》だ
まっ赤な　現《うつつ》だ　まっかっか……

# 新・黒死病への催眠

──毒ガスで視覚を失い、辛《から》くも野戦病院に収容された一下士官の転成回復の行方《ゆくえ》──

「何もかも崩れていくよ」「怠け者　愚かなお前」
「お前の番がやってきたのだ」
「眼をひらけ　お前は見える」
「お前の眼《まなこ》は底なし淵よ　その底から鏡が凝視《みつ》める」
「青々と　深々と」
ひたすら甘いその呼びかけに悲鳴をあげて縋りつく　躁狂男
〈俺は自堕落〉
〈俺は盲目　自分以外の何も見えない　俺は臆病　自分なんかくそくらえ〉

たったひとつのオレがこの世に生きている証し
その赤くただれた毛深い精神《サイコ》にグサリグサリ言葉は上下し
歓喜に燃えてひりつく深傷《ふかで》
〈俺は裸かのあぶれ者　俺はドロドロ　ラチ外男　自分で自分を始
　末できない〉
突然気まぐれ施され　催眠　熟眠　惰眠の中で　神経組織　見事に
変容　無能を全能にすりかえられて
全身ケイレン
邪念《のろい》の喜び骨身を焦がし
この人の世のあらゆる感情　あらゆる想い　あらゆる禁忌を侵犯し
無責任深層ひしひしと　そのむせかえる深い穴から
たえまなく噴きあがる黒い
ささやき

〈人間の一番弱いところは本人にさえも解らない蘞《えぐ》い無意識〉
〈その暗黒をおだてあげるとみんな自分のことだとうぬぼれる〉
〈暴力は身体だからそれを責めると必ず中心につき当る〉
〈脳ミソ心臓　押しつぶせ　ガラスの破片をまきちらせ〉
〈お前は出来る　お前は太陽〉
〈血みどろなんかかまわずに　もっと血みどろ　浴びせかけろ〉
〈浴びせかければ　みんなただちに黙ってひしゃげ　どんなことでもみな忘れる〉
〈俺は神より滾《たぎ》りたつものだ　俺は神より哮《たけ》りたつものだ〉
〈われらの希望　われらの絶望　鉄より熱く焼きつけろ〉
〈われわれだって自分の無意識刺し抜いて　だらだら全身血を流し　その血に酔って　この世の中を思うぞんぶん啖《くら》うのだ〉
〈お前も滾《たぎ》れ　お前も啖《くら》え　この世界の果てまでも〉

あんまり続けて吐《は》かれる毒素に　あんまり巧みに吐《つ》かれる異言に
頭くらくら　全身くらくら
その剝きだしの欲望が何であるかももう分からない
ただ前のめりの運動だけがねじけた頭の
羅針盤
抱き込め　抱き込め　脅《おど》して抱き込め
やわらかい耳に熱毒吹き込め
一人から二人　二人から四人　次々感染倍々ゲーム
あんなに普通の人たちが
あんなにあからさまな姦計に掠《さら》われ　次々さらわれ倍々ゲーム
今やからっぽスカスカの
おのれの頭を脇に抱えて首の欠けた人間が走る
あちらこちら激しく交叉し　眼にもとまらぬ
幾百万の首無し影が

死せる魂探し求めて東奔西走ロシアの大地を
馬車を駆った
チチコフよ　今は虚ろにウツロを重ね
こんな有様になり果ててしまった東海の黒い黒い日の本さえも真っ
　黒い
この沈黙の島へ来い
（わが東海の小さな国は感受性枯れ
倫理滅びて　野蛮の道をまっしぐら）
チチコフよ
完全に黒死病にひっかけられて死せる魂とびはねるこの極東の国へ
　来い
あんなにどぎつい白昼夢《ゆめ》だから

こんなに甘い罠だから
己《おのれ》も他人も絶対に解術できない自己催眠
群集は群集にべったり酔い痴れどんな時にも絶対に離脱できない集
　団的自己催眠
〈みんな一緒だ　死ぬのも一緒だ　みんなでひとつの巨火《たいまつ》もや
　そう　めらめら燃える光となろう　どんな願いもかなうのだ〉
催眠呼びかけ終らない
羅針方向変わらない
前のめりに前のめり
加速度ついて
歴史の果てまで疾走迷走
もう見える
愚劣と欲望のいきつくところ
もう見える

歴史の果ての断崖絶壁
もう見える

註
チチコフ＝ゴーゴリ「死せる魂」の主人公

# 長安羨望

街の中に思いもかけずポッカリと道がひらけて
大きな頭と首をゆすって駱駝が四頭力強く断《な》いている
ここはローマへはるばる続くシルクロードの入口だ
天山山脈はずっと向こうに雲を越えて日輪隠し
どんなにいっぱい顎をあげても　その頂きを見ることができない
行手は砂漠　難儀な旅だが　富貴《ふうき》めざして夢への出発
送り人群れて歓声挙げて　手振り肩布《ひれ》ふり賑やかに

私がかつての長安の都　現在の西安に着いたとき
不思議なことに余所《よそ》の邦　異国外《と》つ国へ来ている感じがまるでなかった

堂内の天井や古びた壁に描かれた
天人たちは皆お馴染みで　衣《ころも》の色合　その流し方　手に持つ扇
袖の振り方　歩み方　皆どこかで見たような　いや現実に　私は楽しく
天女たちと遊んでいた場面場面を次から次へと思い出す

街を歩くと人々《ひと》でぎっしり　知っている人も知らない人も手に手を取って
みんな一緒に道を横切る　今出会ったばかりの人も腕と腕組み自動車《くるま》を止める
その大きな道の端っこ　リヤカーに荷物満載ゆっくりひいていく人もいる
並木道には屋台がずらり　平焼《ヒラヤチ》ーやポーポーなんかも売っている
白く浮きあがる湯気の中で子供たちが得意顔して手に取る玩具《おもちゃ》
昔　我らが子供の時代に手に取ったブリキの玩具《おもちゃ》
胸の前でピストルまねて引き金ひくと
赤い鶏冠《とさか》の二羽のにわとり　カチカチカッチン交《か》わり番こに餌《えさ》つつく　そして
元気な若者たちは手に手にケータイ

大枝の影や屋台の横で大威張りでたえまなく交信　その笑顔が美しい
大慈恩寺
やわらかい境内《けいだい》広場　玄奘《げんじょう》創建
大雁塔に登ればまるで田んぼの畦道のように家々と人々《ひと》の暮らしが
まさしく細やかに条理を尽くしてどこまでもどこまでも四方八方へ続いている

長安の都と奈良の都がごっちゃになって
古代と現在　時代と時代がごっちゃになって思い切り入り組んで　それでも
なんの齟齬もなんの違和も起こらない
長安は我らの故郷
文字　言葉　衣装　絵画　文物感情すべて和んで
今　現代に　人々の憧れ搭載
天をめざして中華の民が打ち上げる
宇宙ロケット　人工衛星　その名前さえ　我らに親しい

「神舟一号」「神舟二号」……またまたこのたび
月の裏側をそっと覗く絶世の美女
その名は嫦娥　不死の仙薬《くすり》の月の精　そしてその懐《ふところ》からチョコチョコ
走り出る月面探索撮影の役目　それはかわいい白兎《しろうさぎ》
なんという機知　なんという夢　黄金富貴などケチくさい
打ち上げの夢を壊すな
月の都を決して荒すな　開発なんかしてはならない　軍事基地など問題外だ
夢こそは霊長類《ホモサピエンス》の最高の価値

飛龍の民よ　覇道を歩むな　農民革命人民革命を堕落させるな
武力や権力捨ててしまえ　どんなことがあっても単純に
鼓腹撃壌の歌々を探り続けていくならば
無為自然　地に足着いた静虚《しずか》な暮らしを求め続けていくならば
大地の民よ　それこそ文化

（礼を整え　仁慈ほどこし
胸をひらいて互いに世界を受け入れて）
あなたたち
あなたたちこそは　あの深いインドとともに
永遠に東洋の源泉なのだ
長《とこし》えに心安らぐ喜びの旋律なのだ

# ガラス箱の中の幽霊

ある秘密機関によってアルゼンチンの貧しい村から拉致同然に逮捕されイスラエル・エルサレムに連行された　元ナチス親衛隊中佐　アドルフ・アイヒマン突然の事故発生に備えて防弾ガラスの箱の中に閉じ込められ　外側からは　その一挙手一投足　あらゆる表情　すべての発言を透視観察できる　厳重に警備された特別刑事法廷
「ザ・ニューヨーカー」誌から依頼され　ハンナ・アーレントはその一九六一年四月から翌一九六二年五月二十九日に結審判決　翌々日五月三十一日絞首刑が執行された全経過を具《つぶ》さに取材
そのアイヒマンを綿密詳細に観察し　この人間はもはや人間ではない　幽霊で

あるに違いないと感じ
その結論を『エルサレムのアイヒマン――悪の陳腐さについての報告』として発表した　たちまち批難の大嵐
集団殺害《ジェノサイド》からやっと生きのびた人々を初めとして　全世界から激しく指弾され
しかし
彼女は自分の眼　自分の耳　自分の分析　自分の判断を繰り返し検討したが
自分の結論を疑うことはできなかった

ガラスの壁の外側からガラスの内側にいる幽霊を見ると　たとえその者が殺人機械　殺人組織の首導者であり　幾十万の人間を手際よく殺してきていたとしても　その者がマイナスの意味に於いてさえ　英雄　底知れない傑物などとはとても思えなかった　上官に対しては小心翼々その命令に服し　卑屈な嘘吐き昇進ばかりを気にかけて　それによってついにナチス権力の枢要な殺人組織の管轄者となって　その地位の職務を正確無比に完遂した

なんの感情もなく　なんの審美的《しんび》感覚もなく　なんの思想もなく　なんの倫理観もなく　なんの宗教心もなく　ただ責任を問われることのない世間の決まり文句ばかりをぶつぶつ繰り返すだけのひからびた人間　いや　むしろ　ひからびた幽霊　それ以外とは全く考えられなかった
それ故にこそ　あの禍々《まがまが》しい計画　ヨーロッパのユダヤ人を皆殺しにするという「最終解決」を実行し得たのである

次のようなことは不可能であるとしても空想することはできるであろう
日本の全ての国境線に超高々度《ちょうこうこうど》を保つ防弾ガラスの壁をめぐらし　全国民はあらゆる他国からは孤絶して暮らさねばならないとしよう
これをガラスの壁の外側から見て　時代を百年過去に戻してみよう
ただちに　先の敗戦でも壊れることのなかった官僚システムを中心に　自分だけしか勘定できない他を顧みない狭い自己満足に閉じ込められている擬似人間が上へ上へ火焔《ほのお》をあげて盛んに燃えているのが見えるだろう

無惨な原爆浴びても惨憺たる大敗北喫しても　百年たった現在《いま》でも何ひとつ変わっていない奇特な姿

年経《ふ》るごとに増々威力を発揮してきたのは利潤追求開発体制　他国どうしの戦争頼りの軍需生産　気楽な気晴らし　スポーツ　レジャー　計算された確率賭博

製造過程にロボット労働ガッチリ組み込み　徹底的に合理化された原料から製品への驚くべき連続変換　眼にも留《と》まらぬそのスピードよ！

ところで　この極度に洗練された最大効率の中　また
「君たちは　繰り返し人を殺すのか」
日本国よ　それは確かなジャッジメント
三千年の歴史の国
三千年の自己催眠の国

三千年の武力収奪・搾取の国
日本国よ　それは「悪」である

註　『イェルサレムのアイヒマン　悪の陳腐さについての報告』
ハンナ・アーレント著　大久保和朗訳　みすず書房
ジャッジメント＝判断　判断する　判決　宣告する

# おとぎ話

ある国にとてつもない広い深い湖《みずうみ》があって
その国を全部入れてもまだまだ広い　まだまだ深い
その底には底がなく　その果てには果てがない
その不思議な湖《みずうみ》の中の少し尖《とが》った小さな島から
晴れた夜空を見上げると
白い銀河が立ちのぼり　流れ星がスーッと横に
ひとすじ　ふたすじ銀色糸をなびかせて
その後ろには黒い闇
もっと奥にも黒い闇　もっともっと奥に
渦巻き銀河がしずかにしずかに渦を巻き　そのはるかな遠いひかりが

少しづつ少しづつ　その湖《みずうみ》へ射してくる

星は　あの星も
この星も　みんな暗い　けれどその中
ポツンと光が点《つ》いている
わたしたちのいのちは星くずからできているという
わたしたちはその湖《みずうみ》よりも涯ての知れないうつろの中で
ポツンといのちになっている　あんまり深くて
ことばはなんにもないけれど　星のかけらでできている
一人の人の双《ふた》つの瞳《ひとみ》に何万年光年と離れている星たちが
なんの苦もなくみんな一緒にうつっている
おとぎの国も不思議な形で自分の中の湖《みずうみ》で自分の
ひみつを細かく語り　すべての星はひとつの
星に　ひとつのいのちは

すべての空に
繰り返し繰り返しあの星もこの星もみんなみんな自分の中の湖《みずうみ》に
その隙まからもぐり込み一直線に逆さにもぐりその底のない底で向
　こうから来る
光に出会うと一直線に浮きあがり湧きあがり
そのたびごとに新しいいのちの銀河が
洪水となって
夜空いっぱい氾濫し……

ある国にとてつもない広い深い湖《みずうみ》があって
その国を全部入れてもまだまだ広い　まだまだ深い
いのちとはこの不思議な形を生きること
（一人一人が自分自身ときっちり対峙し　自分の全てを裏返し）
（宇宙さえも裏返し）

（無責任無意識浚《さら》い出し　集合無意識抉《えぐ》り出し　くまぐままでも
光の海の全照射）
いのちとは星の奇蹟の組み合わせ
（裏返された星々がすべての焦心　火の暗黒を振り払い）
（いかなる意識もその根源まで涸らし尽くされ　つき崩されて）
（裏返されて光に打たれた飢餓の底にしずかにしずかにこまかに萌
え出る　小さないのちが　ほのぼのと）

ひとつの星はすべての星と七宝飾りにつながっているけれど
おとぎ話とその湖《みずうみ》はひとの気持ちがひと息ずれると一瞬間で皆消
える
ひととひととはあんまり「謎」が多いので
おとぎ話の世界にもちぐはぐなバランスの危機が来てしまい
ひと息欠けるとひとつひとつみんなばらばら

ことばはすべて消えはてて　おとぎ話は
終ってしまう

# 与那国《どうなん》

私が中学一年か二年の頃　今から六十五年ほど前に
父が与那国《よなぐに》への出張から帰って
「これは島の人から貰ったものだから
　大切にしなさい」と　おみやげくれた

ツタかずらだったかワラ縄だったか忘れてしまったが
五・六メートルほどの長いひもにはしっこは別にして同じ間隔で
黒っぽいカサカサしたものが五《いつ》ふくろぶらさがっている　私は玄関
　脇の
自分の部屋の天井のすぐ下にそれをはりわたした

何だろうと思ったまま忘れてしまい　幾日かすごしていたが
ある晩　そのひとつの袋の上に二十センチほどの大きな何か　何か
　の影が
じっとしている　どきりとなって
机の上に立って見てみたら
赤褐色の大きな翅に夕焼けの黒や黄色の浮雲模様が施され
ぐうっと曲がったその両端はさみどりがかった白くくねってなめら
　かな
蛇の首
あんまり美しいのでおそろしくなってすぐに机を飛び降りて
見なかったふりして放っておいた
もう一匹でてきた　大きな翅をひろげ　私を
みつめている
その翌日　またもう一匹でてきた

何日かしておずおずうずうずしながら五匹　皆そろい
かわり番こにときどきバラリと翅を落としては　すぐもとにもどり
あとはしずかに袋にくっついている
五匹そろってひもの上からじっと私をみつめている十粒《じっつぶ》の
「あやみはびる」の小さな眼
「もう　いい」　おびえた私は
思いっきりガラス戸をあけ　身をすくめ
一晩《ひとばん》の後《のち》には　一匹いなくなり
二晩目《ふたばんめ》の後《のち》には　もう一匹いなくなり
三晩目《さんばんめ》の後《のち》には
美しい妖しいおどろの翅があとかたもなく皆消えてしまい　残って
　いるのは
ひっそりむなしいひもばかり

何かが何かを伝えようと　じっと構えていた
あの六十五年前の思い出　今　その思い出の
裂け目の中から　とぎれとぎれにいつまでもひりひり聴こえてくる
鋭い
黄色いさけび声

註
あやみはびる＝与那国蚕《よなぐにさん》のこと。ヤママユ蛾の一種、開張二〇センチを超え
日本最大。南アジアや中国南部に分布。日本では西表島、
与那国島などに生息。綾美蝶《あやみはべる》の意ならん。

# カナリヤ

『ゲルニカ』（文・図版構成　アラン・セール　訳　松島京子）より

あれはカラスではない　真っ黒に
焼け焦げた
カナリヤ
カラスよりも大きく羽をツッパリ
バタバタバタバタバタ
クルクルクルクルクル
バタバタバタバタバタ　首を伸ばし
暗い空にむかって　垂直に
黄色い叫びをあげる

カナリヤ

悔い改めよ　滅亡は近づけり
天国はおろか　地獄さえない　滅びの日は近づけり
いのちが消えるだけではない　一切の過去
一切の希望　一切の未来が消えるのだ

何のために人類は歴史を重ねて生きてきたのか
霊長である証《あかし》を刻み出すためではなかったか
それが現在《いま》　その頂上において　そのどん底において
全世界血塊顫える異常な緊張を招いているのだ　たった一つの
危うい希望　これまでの人間のすべての営みを心底から悔い改める
その絶望を除いては何一つ希望はない
人類よ　悔い改めよ　滅亡は近づけり

必要以上に飯を食い　必要以上に着飾って
必要以上に儲け探り　必要以上にスピード競い
必要以上にデカ面《づら》はって　必要以上に生きすぎて
人間が極めた最高の完成　かくも見事な
「核兵器！」
それはその爆撃威力が余りにも激しくて
最高の武器なのに　だが決して使用することはできない
実に単純明快なパラドックス
そのパラドックスゆえに天下は微妙に太平を持ちこたえ
互いに絡み締めつけるその混《ま》ぜ織り網目《あみめ》の中で世界は辛うじて安眠
高慢と野蛮　無責任に祟《たた》られて
パラドックスは破られる　ますます巧妙な人類の欲望

使用可能な核兵器の工夫
大爆発を起こさせながら小爆発にとどめる仕掛け
放射能をあびても生き延びる算段
やがてそれは確実に逢着　パラドックスとパラドックスとの剝き出し
し
パラドックス　その「尖端極秘」を解き暴《あば》こうと我先に
あらゆる国々　その国防費倍々　倍増

小爆発は互いに引火し大爆発をはるかに凌ぎ
瓦礫の地上は超高濃度土砂降る放射能
骨肉ただれ　遺伝子崩れ
直立歩行屈《かが》まりくねりぬた打ち
あらゆる「脳」はすきまなく蝕まれ
全てのいのちで

睡眠発火

人類よ　もう遅い　悔い改める嘆《なげ》かう遑《いとま》もあらばこそ
人類よ　手遅れだ　悔い改める滂沱の遑《いとま》もあらばこそ

核兵器出撃地
核兵器標的地
もろとも正面　哀れなる哉や　わが故郷
〈人類のカナリヤ〉

あれはカラスではない　理由《いわれ》なき理由《いわれ》を押しつけられて　真っ黒に
焼け焦げた
カナリヤ
カラスよりも大きく羽根をツッパリ

クルクルクルクルクル　気が狂い
バタバタバタバタバタ　身も狂い
クルクルクルクルクル　すべて狂って　首を伸ばし
硝煙渦巻く
暗い空に向かって　垂直に
黄色い叫びをあげる

あれは叫びとなった
カナリヤ
あれはむせかえる叫びとなった生きとし生けるもの万物の
カナリヤ
カナリヤ　カナリヤ
カナリヤ

解説　「日毒」と「血債」という言葉で世界を変える詩的精神　鈴木比佐雄
## 八重洋一郎詩集『血債の言葉は何度でも甦《よみがえ》る』に寄せて

1

私は八重洋一郎氏の詩と詩論を考える時に、詩集『日毒』に収録された詩「詩表現自戒十戒――守られたことのない――」の「詩とは一滴の血も流さずに世界を変えること。即ち、人々の感性にしみ入りその人格をゆすぶり、そのことによって社会を変革する。その覚悟と使命感を持て！」という言葉を想起する。と同時に哲学者ハイデッガーは『ヘルダーリンの詩の解明』の「ヘルダーリンと詩の本質」の中で「五つの主題的な言葉」を挙げていて、その四番目の詩「追憶」の最終行である「常住のものは、しかし、詩人がこれを建設するのである」という言葉が想起されてくる。詩人の本質的な言葉とは「社会を変える」言葉になりうるのであり、そんな他者の精神や事物の生成にまで影響を与える言葉を発し、新たな世界を「建設する」志の高さを八重氏の言葉に感じる。ヘルダーリンを通してハイデッガーが思索したことを、八重氏は自らの詩を通して自らの詩論でもって読者に深く語りかけてくれる、根源的なことを問い実践している詩人・詩論家であるだろう。

八重洋一郎氏の第十一詩集『日毒』が刊行されたのは、二〇一七年五月だった。それから三年間にわたりこの「日毒」という言葉は、地元の石垣島・沖縄本島などの人びとや詩人や詩の評論家だけでなく、他の文学の創作者、思想・哲学者、ジャーナリストの間で、深く受け止められて今もその広がりは続いている。まずこの詩集が刊行された時に地元の書店から八重氏の講演会の会場で販売する百冊の注文があり、その講演会は大盛況で本も完売したと聞いている。

その後も例えば出版社にあった反響のひとつは、二〇一八年秋頃に『デリダ』・『戦後責任論』(いずれも講談社)の著者である哲学者高橋哲哉氏から直接電話があり、八重氏の『日毒』をテーマにした講演会を開くことになり、その主催者が『日毒』を多数購入したいと希望しているので、相談に乗って欲しいとの連絡があった。高橋氏は日米安保条約下の沖縄問題において、詩集『日毒』が日米両政府と沖縄の関係の本質を読み取れるテキストであり、「日毒」という言葉が沖縄問題を考える重要なキーワードと考えているようだった。高橋氏はその講演で「日毒」の本質を多くの人びとに伝えるだけでなく、詩集『日毒』そのものも、参加者たちにも読んで自分で感じて考えてもらいたいと願っていたようだ。数日後に講演会の主催者からは詩集を高く評価し、参加者に勧めるために百冊を事前に購入することを聞かされて驚かされた。その後も二〇一九年に高橋氏たちは石垣島から八重氏を招待し、「石垣島の詩人八重洋一郎さんと哲学者高橋哲哉さんが語る」会が二〇一九年十一月に開催されて、二人の講演対談が埼玉県の会場で行われた。このように詩集『日毒』の読解は文学・思想・哲学的問題から社会・政治の問題にまで視野を広げて様々な刺激や影響を与えている。

また『鹿野政直思想史論集』（全七巻・岩波書店）の作者である鹿野政直氏は、詩集『日毒』を読んで石垣島の八重氏に取材のために、妻の詩人堀場清子氏と一緒に訪れ取材をされて、『八重洋一郎を辿るいのちから衝く歴史と文明』という、八重氏の評伝と詩と詩論の解説を併せ持った本格的な八重洋一郎論を二〇二〇年一月に刊行した。鹿野氏は「問題提起という点で言えば、八重の告発は日本を正面の標的としながら、単にその域に終始するものではなかった。その底には、文明＝軍事技術の発達の極致としての地球の破滅、いやそれに止まらない宇宙の破滅への予見があった。」と、軍産複合体制と科学技術文明の行き着く果てを透視した、文明批評的で宇宙の破滅さえ引き起こす、人間の罪深さを予見している叙事詩であると高く評価している。高橋氏も鹿野氏も、八重氏を現代のヘルダーリン的な存在として自らの論考の中でこの時代の苦悩を背負い未来を切り拓く詩として位置付け高く評価している。

そのような『日毒』を高く評価する思想家・学者たちが次々に現れていることは、この『日毒』がいかに様々な問題提起を孕んだ詩集であったかを改めて認識する。因みに私は、二〇一八年五月二〇日に沖縄で開催された日本ペンクラブ『「平和の日」の集い「人　生きゆく島　沖縄と文学」』の実行委員会の一人として関わった。その二部のパネルディスカッション「沖縄・平和・文学」では司会がドリアン助川氏、パネリストが八重洋一郎氏、落合恵子氏、金平茂紀氏、吉岡忍氏だった。この会の要旨を記録したノンフィクションライターの吉田千亜氏は、日本ペンクラブの会報で次のように八重氏と金平茂紀氏の発言を記している。

《「日本という毒」の意味を持つ『日毒』という詩集を発刊した八重氏は、「詩を描く人間は言葉に全幅の信頼を置いている」とし、自作の詩の3つの言葉、「木漏陽日蝕」「寂寥原点」「日毒」を紹介した。新しい言葉を作ることに情熱をもっているという八重氏は、離島で行われた祈りの行列の写真から「寂寥原点」という言葉が浮かんだという。全島民が参加する神へ祈る行列を見守るのは、空・海・白い砂利道だけ。その孤独感を表した。また、「日毒」という言葉の歴史も明かした。琉球処分後、八重氏の曾祖父が、救国運動の中でしたためた嘆願書に書いてあった言葉であることを紹介し、そこに込められた激しい怒りを示し、「現政権が沖縄でやっている横暴さ、今の日本の状況を象徴している言葉である」と語気を強めた。（略）ジャーナリストの金平氏は、30年間沖縄に通い取材を続けている。八重氏の「日毒」という言葉に打ちのめされたことを語り、沖縄に根づく集合的

な記憶、そして自らが「毒」の中に属している人間であると語った。》（吉田千亜 記録）

このように八重氏は八百名を超える参加者の誰にでも分かるように「日毒」について語った。ここに参加したパネリストたちは、参考文献として詩集『日毒』をすでに読んでくれていて、私が当日聞いていた印象では、この《「日毒」という言葉に打ちのめされた》のは金平氏だけでなく、他の作家たちも同様で、このパネルディスカッションの隠れた重要なテーマにこの「日毒」という言葉がせり上がってきたように感じられた。この吉田氏の記録文を読めば、明らかになる五代前の曾祖父の言葉「日毒」を日本人は、決して自覚しようとしない確信犯である。それゆえに現在でも日本人で保守的で愛国者だと自負する人物たちは、沖縄島、宮古島、石垣島などの多くの島々からなる南西諸島の人びとを「本土」の盾にして何ら恥じ入ることがない、「本土」という言葉こそが守られるべき価値のように「内地」の人びとは当たり前のように錯覚していることを八重氏は見抜いている。沖縄を盾にしていることに無自覚な人物たちがこの「日毒」という言葉を見聞きした時に、その言葉は中国・韓国などを利する政治的な言葉であり、文学の言葉であり得ないと反発する傾向があることを私も何度も経験している。しかし金平氏たちパネリストはこの「日毒」という言葉を真摯に受け止めていて、この言葉の歴史的意味やそれを文学において甦らせたことを高く評価すると同時に、自らの問題として「日毒」を「意識的記憶喪失」してしまっている日本人の盲点に気付かされたようだった。

詩集『日毒』は、日本が世界の国々から尊敬されるために自らのナショナリズムの負の歴史を自覚して、世界に開かれた国になるために書かれた、これからの詩人が内面に問うていく課題を提示する思想哲学的な詩集になっていると私は考えている。実際の多くの表現者や思想家たちにもそのような観点で詩集の評価がされてきた。例えば石垣島に移住した歌人の松村由利子氏の《初めて見る言葉なれども意味は分かる「日毒」は血の匂いを放つ》などの短歌のように実作者にも影響を与えている。「日毒」という言葉はそのように日本人の歴史を顧みない姿勢や偏狭なナショナリズムを克服する良薬のようにも思われる。さらにいえばこの詩集こそ日本と沖縄は互いを異郷のように感じるが、その異郷を認め合うもっとも根源的な郷土愛的な詩集だと評価されてもいいのではないかと考えている。しかし『日毒』の逆説的で批評的な言葉の重層的な表現力の豊かさに気付くためには、まだまだその理解に時間がかかるかも知れない。

2

そんな詩集『日毒』から三年後に新詩集『血債の言葉は何度でも甦《よみがえ》る』十九篇が刊行された。なぜ八重氏はこのようなタイトルを付けたのだろうか。想像するに内地の日本人たちは、『日毒』を物理的なイメージでとらえてしまい、その詩「日毒」に八重氏が込めた《大東亜戦争　太平洋戦争／三百万の日本人を死に追いやり／二千万人のアジア人をなぶり殺し　それを／みな忘れるという／意志　意識的記憶喪失」に陥ることの「狂気の恐怖」を、決して忘却させないために、『血債の言葉は何度でも甦《よみがえ》る』にしたのではないか。「日毒」を忘却させないために、論語の言葉である「血債」という血生臭さくもあり血痕がこびり付いた言葉をあえて、「本土／内地」の日本人たちに突き付けていると私には感じられた。

まず新詩集の装画には群馬県立近代美術館に所蔵されているピカソの「ゲルニカ」のタピスリーの写真がモノクロで使用されている。このタピスリーはピカソ自身が監修したもので、八重氏からも沖縄に巡回した展覧会でその実物を見たと聞いている。今回の十九篇の中の詩「ゲルニカ」はその時に見た印象が心に刻まれて書かれたのだろう。八重氏から装幀の希望を聞いた際に即座にピカソの「ゲルニカ」を使用できないかと語られた時に、それを何とか実現したいと考えた。ピカソが描いたスペイン・バスク地方の民衆への無差別爆撃の悲劇のように、沖縄の悲劇を自分は詩で創造的に試みたのだというメッセージがこの装画に込められているのかも知れない。

新詩集は十九篇からなっている。それらの詩篇は「血債」という「戦争や搾取によって奪われた家族や故郷の人びとのいのちの損失」を検証して記録し甦らせようとする試みだろう。
冒頭の詩「おお　マイ・ブルースカイ」の「血債」と言える行を引用したい。

《さて昭和二十年六月　沖縄戦完全敗北　早くも早くも／一九四七年　かつては人間でなかった人が　自分の／いのちと交換に（それこそこの国・日本国の純粋無意識）米国へ／沖縄の軍事占領継続を要望／／小さな島は国籍喪失　あわれなる哉／ひたすら軍事専用植民地／続いて一九五三年　米国国務省発するその名もきらきら／ブルースカイ・ポリシー／世界のすべてにブルースカイをもたらすために／この島だけはいつまでも無制限に軍事嵐／広大重厚基地累々　毒ガス　戦闘機　高圧電磁波／核爆弾は千五百発》

この一九四七年に、戦後に「かつては人間でなかった人」である天皇が「自分の／いのちと交換に」最も戦争の犠牲を強いられた沖縄を米国に売り渡したとその事実を語る。その後の「ひたすら軍事専用植民地」になる戦後の沖縄の歴史を生み出したものは昭和天皇であったことを明らかにする。また米国国務省が発する「ブルースカイ・ポリシー」によって、「世界のすべてにブルースカイをもたらすために／この島だけはいつまでも無制限に軍事嵐」であり続けなければならないので、沖縄の民衆はいつまでも「マイ・ブルースカイ」を歌うことができないと言う。沖縄を支配し続ける「かつては人間でなかった人」と米国国務省の取引の呪縛に囚われている日米地位協定こそが「血債」そのものであると暗示しているのだろう。

その後の詩「上映会――六十年前の現実から――」では、《カメさん　もういっぺん生まれてきてくれ／「祖国」や「本土」など　チョロイ言葉を全部投げすてて／初めから　もういっぺん　一人一人の人間めざしてやり直してみよう》と米軍の軍政に一人で戦った瀬長亀次郎の「祖国復帰」の活動も結果として祖国に裏切られた歴史であったと言い、「一人一人の人間めざしてやり直してみよう」とその苦い歴史を踏まえて次の世界を構想しようとする。

その他の詩でそんな文明批評的で予見に満ちた詩行を引用してみたい。

「杭《クイ》」では、「(人形と言えども金権利権私欲ばかりは抱きしめて)／しっかり打てよ　その杭を　しっかり打てよ七万本　南の海にはりつけて／奴らの鉄面皮《チラガー》はぎとるために／奴らの隠蔽暴《いんぺいあば》きたてるために」と辺野古の未来を透視する。

「やさしい分数計算」では、「つまり沖縄には日本全国の386倍の密度で米軍基地が集中している。その上自衛隊も配備されているのだ。」と「本土／内地」との386倍もの格差を突き付ける。

「血債の言葉は何度でも甦《よみがえ》る」では、《日本国よ　汝という国体の中には至る所に空洞が

ある　汝らには決して見えないだろうが／その空洞には連綿たる「歴史」にやられた濃密などす黒い血が満ち満ちている／幽霊は生きている　幽かな霊こそ見えない魂》と日本の「歴史」の空洞に「どす黒い血」が見えると言う。

「万世万系」では、「新しい現人神《あらひとがみ》を祀《まつ》りあげ／万世一系称《とな》えながら　万系を一系とみせるため／嘘八百を次から次へと吐《つ》きながら」と、日本の歴史がリアリズムではなく「万系を一系とみせるため」の嘘八百の偽りの歴史であり、本来的な「万世万系」に書き換えるべきだと提案しているようだ。

「夜半参《ヤハンメ》ー」では、「黒々聳《そび》える一本松の大幹にひそかにひそかにひそかな名前を血で書いた／ワラ人形の心臓を五寸釘《ゴッスンクギ》で打ちつける　打ちつける」と、沖縄芝居の有名な場面なのだろうが、まさに「血債」を想像させるのだ。

全ての詩篇を論ずることはできないが、本書はこのように独自の視点で様々な手法を駆使しながら「一滴の血も流さず世界を変えること」を目指した言葉の世界を試みている。そんな志の高い詩的言語の挑戦を多くの人びとに読んでもらいたいと願っている。最後に詩「きてみれば」の全行を引用したい。八重氏の沖縄戦で「断崖絶壁　その向こう」へ行かざるを得なかった人びとへの鎮魂の思いが結晶した詩で、八重氏はこのような鎮魂詩を書きたかったのだろう。

# きてみれば

沖縄本島南部の海岸線はほとんど岩の崖である
人々はこんなところにまで戦《いくさ》に追い詰められてきたのだ

きてみれば
断崖絶壁　その向こう
青空ばかり　足もとの岩は崩れて　石片が激しく尖る
もう鳥になるほかないのか
傷ついた羽をひろげて

きてみれば
赤い地の涯て　その下は
潮騒ばかり　繰り返す光するどく　白波が目につきささる
もう盲《めし》いるほかはないのか
手探りも凪にふるえて

きてみれば
白骨世界　その深く
寂静《しずけさ》ばかり　草かげに声を失い　祈りさえむなしくかげろう
ただ眠るほかはないのか
骨々の若い歳月

註
六十何年か前　初めて「健児の塔」を訪れた
崖下《がけした》の底にゴツゴツした洞穴《ガマ》　鉄の欠片《カケラ》や白いもの　その真上に
塔があった　その時　きこえたしずけさが　今　やっと言葉になって…

# あとがき

　考えてみれば罰当たりの話ではあるが、この私如きが時々福音書を読むことがある。イエスの深い鋭い言葉に当時の人々がどんなに驚いただろうかと想像しながら。

　私が一番好きなのはイエスのエレサレム入りの場面である。小さなやさしいロバの子供にまたがって、その前後を貧しい人々、世間から嘲笑《あざわら》われている人々、税金取りや下級兵士たちが群衆となってとり囲み、次々に自分の衣類や小さな枝をロバの前に敷きながら、「ホザナ」「ホザナ」と大声出してイエスと共に進んでいく。イエス本人にはこれからの成り行きが確信されているのだが、福音書における幸福な唯一の祝祭的場面である。

　ところでマタイ伝二六章五二節に次のような言葉がある。イエスを捕えようと祭司長や長老たちが剣《つるぎ》と棒を持った僕《しもべ》たちを引きつれて迫ってくる。その時、イエスと一緒にいた一人が剣《つるぎ》を抜いて相手の耳を切り落とす。と同時にイエスがさけぶ　『なんじの剣《つるぎ》をもとに収《おさ》めよ、すべて剣《つるぎ》を取る者は剣《つるぎ》にて亡ぶなり…』

　さて話は余りにも飛躍しすぎるのではあるが、私はこの言葉を少し違って『人類は人類にて亡ぶ』と聴いてしまう。現代世界が陥りつつある自然搾取の極限、資源は決して増えることはないという事実。相変わらず自己の属する民族や国家、宗教、企業などの自己利益追求。今もって権力や支配への飽くなき妄執。そしてこれらの状況をもたらしてしまった人類の根源的欲望、それに伴って発達してきた核兵器を頂点とする武器満載の地球。この事実が私を重く押し拉ぐ。

　更に私の場合に関して話を具体的にしぼれば、七十五年前、太平洋戦争に決定的敗北を喫した昭和天皇が自分の生命《いのち》を永らえるために（つまり処刑を逃れるために必死で考えた末）沖縄を米国に売り渡したと言える「天皇メッセージ」の存在。その帰結がサンフランシスコ平和条約、日米安保、地位協定。これらがその後、現在に至るまで七十年近くも続き、今や日本国民はその大多数がその状態を認めて、平然としている潜在的顕在的無責任政治構造。

その天皇メッセージさえ、あの時は仕方がなかったと発言する保守勢力。ならば沖縄はそのままでいいのか、犠牲をそのまま押しつけ続けようというのか。あまりにも虫のいい話ではないか。日本国は虫の一種でしかないのか。

この詩集は私たち弱者に次から次へと覆いかぶさってくる歴史への絶対糺問である。『人類は人類にて亡ぶ』、しかし『亡びてはならない』。それには『人類は人類を超えなければならない』。これまでの全人類の歴史をつき抜けようと蟷螂の斧の如き哀れな祈りを込めながら。

なお詩集名は、中国現代革命を精神的に支え続けてきた多くの文学者の中の一人、魯迅の次の言葉「墨で書かれた虚言は、血で書かれた事実を隠すことはできない。血債は必ず同一物で返済されねばならない」に由来する。

最後に、前詩集に続き今回もまた、拙詩集出版をお引き受けくださり、その上、懇切かつ重厚な「解説」をたまわった鈴木比佐雄コールサック社代表に心から感謝し御礼を申しあげます。

二〇二〇年九月

八重　洋一郎

## 著者略歴

# 八重　洋一郎（やえ　よういちろう）

一九四二年　石垣市生まれ。

東京都立大学人文学部哲学科卒業。

詩　集　一九七二年『素猫』

一九八四年『孛彗《はいすい》』第九回山之口貘賞

一九九〇年『青雲母』

二〇〇一年『夕方村』第三回小野十三郎賞

二〇〇五年『しらはえ』

二〇〇七年『トポロジィー』

二〇〇八年『八重洋一郎詩集』

二〇一〇年『白い声』
二〇一二年『沖縄料理考』
二〇一四年『木洩陽《こもれび》日蝕《にっしょく》』
二〇一七年『日毒』
二〇二〇年『血債の言葉は何度でも甦《よみがえ》る』

エッセイ　一九七六年『記憶とさざ波』
二〇〇四年『若夏の独奏《ソロ》』

詩論集　二〇一二年『詩学・解析ノート　わがユリイカ』
二〇一五年『太陽帆走』

現住所　〒九〇七-〇〇二三　沖縄県石垣市石垣二五九

石炭袋


八重洋一郎詩集『血債の言葉は何度でも甦《よみがえ》る』

2020年10月25日　初版発行
著　者　　　八重洋一郎
編集・発行者　鈴木比佐雄

発行所　株式会社 コールサック社
〒173-0004　東京都板橋区板橋2-63-4-209
電話 03-5944-3258　FAX 03-5944-3238
suzuki@coal-sack.com　http://www.coal-sack.com

郵便振替　00180-4-741802
印刷管理　（株）コールサック社　製作部

装丁　山口友理恵
装画　パブロ・ピカソ〈ゲルニカ・タピスリー〉
　　　群馬県立近代美術館蔵

落丁本・乱丁本はお取り替えいたします。
ISBN978-4-86435-455-4　C1092　￥1500E